Gute Geschichten bessern die Welt.

INHALT

Ein Leben als Leben

Ein Stern explodierte und ließ lauter Sternenteilchen durch das Sterniversum regnen. Der Sternenregen formte sich zu einem Körper, einer Sternensubstanz zusammen und erschuf ein neues Leben. Der Sternenkörper leuchtete im Wechsel – hell, dunkel, dunkel und hell, als blinzelte das neue Leben, um sich seiner neuen kosmischen Umgebung bewusst zu werden. Die kosmische Umgebung verlieh dem neuen Wesen die Macht und Weisheit, einen Planeten zu erschaffen.

»Willkommen, neues Leben«, echoten die Sterne rings um das Leben herum. »Spürst du das Leben, das durch deine Sternensubstanz leuchtet? Damit kannst du neues Leben erschaffen und unser gemeinsames Sterniversum lebendiger gestalten. Sieh da, dein eigener Planet! Er wird vom Sternenlicht erschaffen.«

Das neugeborene Leben sah dem Sternenlicht beim Prozess zu, seinen Planeten zu erschaffen. Da war eine kleine Kugel, die vom Sternenlicht mit Sternenteilchen gefüttert und somit größer wurde. Zuerst waren da viele Sternenteilchen, die sich mit der Masse des neuen Planeten vereinten, aber dann wurden sie weniger und weniger, bis das letzte Sternenteilchen hastig wie ein Fisch seinem Schwarm folgte. Dann hörten die Sterne auf, seinen Planeten zu vergrößern. Aber irgendwas stimmte nicht…

Das Leben, dem dieser neue Planet gehörte, flackerte überrascht. Das sollte sein Planet sein? Der war ja kaum so groß wie die Faust eines Menschen! »Aber eure Planeten sind alle so groß!«, jammerte das neugeborene Leben. »Was soll ich auf so einem kleinen Planeten erschaffen?«

»Das ist dir überlassen«, antworteten die anderen Leben des Sternenuniversums. »Jeder Planet und jedes Leben ist einzigartig.«

»Das ist unfair«, blieb der Gott bei seinem Standpunkt. »Mein Planet ist der einzige, der so klein ist. Will mir denn keiner helfen?«

Aber die anderen Götter des Sterniversums ruhten in ihren Sternen und beobachteten das neue Leben mit seinem mickrigen Planeten, als sähen sie Kino – fehlte nur noch Sternenpopcorn. Da konnte man nichts machen. Ob das Sternenlicht vielleicht einen Fehler gemacht hatte?

So blieb dem neuen Gott nichts anderes übrig, als selbst eine Lösung für sein kreatives Problem zu finden.

Die Angst vor dem leeren Planeten

Die Angst vor dem weißen Papier haben auch Götter. Oder besser gesagt: die Angst vor dem leeren Planeten. Deshalb sind die Götter des Sterniversums immer danach bestrebt, so schnell wie möglich nach einer Lösung für ihre Ideenlosigkeit zu finden.

Denn ein Gott, der einen Planeten erschaffen will, ist ein Schöpfer, ein Künstler, ein Autor und alles gleichzeitig, was es noch an kreativen Berufen gibt. Es gibt dabei aber auch etwas zu beachten: das Urheberrecht. Ja, genau. Auch Götter müssen sich beim Erschaffen ihrer Planeten an die Regeln des Urheberrechts halten. Gibt es zum Beispiel schon einen Planeten für Vampire, darf kein weiterer Gott diese Idee für seinen Planeten verwenden. Wenn das dennoch einer täte, käme es zwischen den Göttern ganz schnell zum Streit wegen Urheberrechtsverletzung, was einen interstellaren Krieg auslösen und zum Ende des Sterniversums führen könnte. Weil jeder Gott heilig, friedliebend und auf seine einzigartige

Art kreativ ist, wollen solche Streitereien selbstverständlich vermieden werden.

Das neugeborene Leben, dessen Planet unglücklicherweise für einen Planeten zu klein geraten ist, forschte im Großen-Sterniversumbuch-der-Fabelwesen nach Ideen für mögliche Lebewesen, mit denen es seinen Planeten ausstatten könnte.

Das Erste, was es fand, waren Menschen. Menschen sind frei von Urheberrechten, da sie der Ursprung des Sterniversums sind. Vielleicht konnte das Leben Mini-Menschen auf seinem kleinen Planeten erschaffen. Mini-Menschen für einen Mini-Planeten! Doch … zu unkreativ.

Generell sind Götter stolz auf ihre eigene Kreativität. Jeder Gott ist überzeugt davon, einen besseren Planeten als der andere erschaffen zu haben. So stehen die Götter im ständigen Wettbewerb gegeneinander und wollen mit ihrer Kreativität einzigartige Planeten erschaffen, die es noch nie gegeben hat.

Deshalb konnte der Gott keine Mini-Menschen erschaffen. Das ging gegen seine kreative Würde. Er konnte noch mehr aus seinen schöpferischen Fantasien herausholen! Die Sternensubstanz des Gottes leuchtete so hell wie das Sternenlicht, während dieser konzentriert durch das Sternenbuch nach Inspiration blätterte.

Dabei stieß er auf diverse Wesen. Mitunter auf Zombies, unter denen geschrieben stand:

Beinahe hirnlose Untote, die gerne den Würmern unter der Erde mit Gesellschaftsspielen Gesellschaft leisten. Grün. Langsam von Begriff. Abfallende Körperteile. Verstehen weder viel von Philosophie noch von Mathematik oder Biologie. Meistens Deutschsprache auf Kindergartenniveau, selten auf Level erster Grundschulklasse. Verbringen die meiste Zeit damit, in der Gegend herumzuschielen.

Schöpfungsniveau: niedrig.

Wäre der Gott menschlich, würde er jetzt seufzen und sich vor Ideenlosigkeit und Unzufriedenheit die Haare raufen.

Vielleicht sollte er erst einmal bei den kleineren Wesen anfangen – Gnome zum Beispiel.

Mini-Wesen für einen Mini-Planeten

Im Großen-Sterniversumbuch-der-Fabelwesen suchte der neugeborene Gott erst einmal nach kleinen Lebewesen – wenn sein Planet so klein war, dann musste er auf seiner Reise der Inspiration zuerst klein anfangen.

Dann wollen wir mal sehen … Gnome.

Folgendes stand im Sternenbuch unter der Beschreibung der Gnome:

Die Wesen mit den längsten Bärten des Sterniversums. Kennen kein männlich und kein weiblich. Gleichberechtigung. Leben bevorzugt in Höhlen, unterirdisch oder dort, wo sie als Gartengnome bezeichnet werden. Höchst intelligente Wesen, mit erfinderischer Ader. Werden aufgrund ihrer Größe schnell aggressiv. Der typische Gnomhut ist Pflicht, sonst sind es keine Gnome. Schöpfungsniveau: kritisch.

Als der Gott zu Ende gelesen hatte, verstand er, wieso es im Sterniversum noch keinen offiziellen Planeten für Gnome gab. Diese Wesen waren seltsam genug, allein durch die Beschreibung und das kritische Schöpfungsniveau.

Jedenfalls gab der Gott die Suche noch nicht auf. Er blätterte hoffnungsvoll weiter – vielleicht fanden sich noch bessere kleine Wesen.

Pixies.

Kleine Feenwesen, die nicht altern. Sind immerjung und spielen gerne humorvolle Streiche. Bevorzugter Lebensraum: Natur. Kombinierbar mit Menschen, Tieren, Drachen, Einhörnern, Dryaden, Koboldwesen und weiteren Fabelwesen. Schöpfungsniveau: einfach.

Blumlinge.

Kleine, blumige Blumenwesen. Sind lebendige Blumen. Leben gerne an blumigen Orten. Kombinierbar mit anderen -lingen. Schöpfungsniveau: einfach.

Pilzlinge.

Kleine, pilzige Pilzwesen. Sind lebendige Pilze. Leben gerne an pilzigen Orten. Kombinierbar mit anderen -lingen. Schöpfungsniveau: einfach.

Sternlinge.

Kleine, sternenhafte Sternenwesen. Sind lebendige Sterne. Leben gerne an sternenhaften Orten. Kombinierbar mit anderen -lingen. Schöpfungsniveau: einfach.

Irgendwie war der Gott mit keinem dieser Vorschläge zufrieden. Die ganzen Wesen klangen zwar nett, aber … sie fühlten sich für seinen Planeten nicht geeignet an. Schließlich hatten selbst diese kleinen Wesen eine bestimmte Größe … eine kleine Größe, die nicht klein genug für seinen faustgroßen Planeten sein konnte.

Langsam bekam der Gott Zweifel. Wenn ihm das Sterniversumbuch schon nicht auf seiner Reise der Inspiration weiterhelfen konnte, wer oder was dann?

Christmette, das Sternenmädchen

Wer oder was konnte dem Gott noch helfen? Wo sollte er hin, mit seiner Kreativität? Wie schafften das die anderen Götter bloß, so tolle Ideen für ihre Planeten zu finden? Der Gott fühlte sich wie ein Künstler, ohne Farbe. Wie ein Autor, ohne Worte.

»Hallo«, grüßte jemand den Gott.

Die Sternensubstanz des Gottes wandte sich dem Sprecher zu. Da war ein rothaariges Mädchen auf einem Sternenbesen. Es gab nur ein Mädchen, das in den Sternen lebte und das war Christmette, das Sternenmädchen. Christmette war von den Göttern des Sterniversums erschaffen worden, damit die Lebewesen auf all den Planeten eine Figur für das Sternenfest hatten, an die sie glauben konnten – so ähnlich wie der Weihnachtsmann, nur weiblich. Immer zum Ende des Jahres, wenn die Sterniversum-Bewohner das Sternenfest feiern, um der Existenz ihres Lebens zu danken, verteilt Christmette planetenweit Sternenjuwelen, die den Glauben an das Sterniversum unterstützen sollen.

»Du steckst in einer Kreativitätskrise, oder?«, wusste Christmette und überschlug, auf ihrem Sternenbesen sitzend, lässig die Beine – das Zeichen, dass sie wieder einmal bereit war, heilige Psychologin zu sein, um die Zukunftsaussichten eines Gottes zu analysieren. »Ich bin von euch Göttern erschaffen worden. Ich weiß alles über euch.«

»Oh.«

»Wenn du mit deinem Planeten unzufrieden bist«, fuhr Christmette fort, »dann solltest du ihn von einer anderen Seite betrachten. Dass dein Planet der kleinste von allen ist, ist eine Besonderheit für sich und allein darauf solltest du schon stolz sein. Du hast die Macht, deinen kleinen, besonderen Planeten noch besonderer zu machen.«

»Wie denn, wenn ich nicht die Kreativität dazu habe? Mir fällt einfach nichts ein, was ich auf so einem kleinen Planeten erschaffen könnte!«

»Wie wäre es mit einem Planeten für Bakterien?«, schlug Christmette vor. »Das hat es noch nie gegeben. Oder einen Planeten voll lebender Staubkörner, oder, oder, oder. Es gibt viele Möglichkeiten, etwas zu erschaffen, wenn man die Dinge anders sieht. Einfach alles kann als Skelett benutzt und belebt werden. Die Idee klingt zuerst komisch, aber wenn man sich damit anfreundet, entstehen am Ende ganz interessante Sachen. Manchmal ist weniger mehr.«

Die vor Aufregung flackernde Sternensubstanz des Gottes beruhigte sich. Er wusste nicht wieso, aber Christmette hatte immer eine entspannte Ausstrahlung, die auf einen abfärbte. Wahrscheinlich war das noch ein Grund, wieso sie erschaffen worden war – um den Untergang des Sterniversums zu vermeiden, indem sie den Göttern erfolgreich Vernunft einredete.

»Ich empfehle, dass du den Planeten anderer Götter einen Besuch abstattest – aber frag die Götter vorher. Ideen kommen auf einem entspannten Spaziergang manchmal ganz von selbst. So haben viele Götter vor dir ihre Planeten erschaffen und es hilft, andere Sichtweisen zu bilden.«

Der Menschenplanet

Auf der Suche nach Inspiration fängt man am besten beim Ursprung an – dem Menschen. Die Menschen sind der Anfang des Sterniversums gewesen. Außerdem haben sich die besten Fabelwesen aus dem Menschen ergeben: Vampire (Menschen mit Lichtallergie), Werwölfe (Menschen mit mehr Fell), Feen (Menschen, die fliegen können), Zwerge (Menschen, die klein sind), Riesen (Menschen, die groß sind), Meerjungfrauen (Menschen, die Fische sind), Zombies (Menschen, die dumm sind).

Das nach Inspiration suchende Leben hatte seinen Nachbargott, der Urheber des Menschenplaneten ist, gefragt, ob es seinen Planeten besuchen dürfte. Statt ihn gastfreundschaftlich hereinzulassen, sagte er nur pampig: »Hoffentlich klaust du nicht meine Idee!« Ja, ja … Götter und die ständige Konkurrenz.

Nichtsdestotrotz ließ der Menschengott ihn rein. Der Transport ging schnell: Die Sternensubstanz des Gottes formte sich zu einem Energieball zusammen, der geradewegs wie ein Mete-

or den Erdboden erreichte.

Auf der Erde wählte der Gott die Gestalt eines Menschen und begann die Umgebung zu erkunden. Wenn Götter auf Planeten herunterkommen, müssen sie eine Gestalt wählen, weil sie dort nicht mehr die Form ihrer Sternensubstanz behalten können – die Sterne bleiben alle im Sterniversum zurück.

»Mama, guck mal! Ein leuchtender Mann!«

»Was? Wo? Oh. Also ich habe von solchen Männern gehört ... aber ich wusste nicht, dass sie leuchten.«

»Mama, was meinst du mit "solchen" Männern?«

Jetzt wusste der Gott, dass es nicht nur genügte, die Gestalt eines Menschen zu wählen. Mist! Das Große-Sterniversumbuch-der-Fabelwesen hätte sich unter der Beschreibung "Mensch" noch etwas deutlicher ausdrücken können! Was mit den Details so einhergeht und so. Sobald sich der Gott seiner Fehler bewusst wurde, veränderte er sich und konnte nun als unauffälliger Mann durch die Straßen der Menschen ziehen. Zuerst fiel ihm auf, dass die Menschen nichts anderes taten, als durch die Straßen zu laufen. Wie langweilig. Das sind alles Geschöpfe von einem Gott und doch tun sie so, als seien sie sich fremd … ignorieren sich einfach. Keiner lächelt einem zu, keiner winkt, keiner redet, nicht einmal Blickkontakt. Und solche grauen Wesen sollten der Ursprung des Sterniversums sein? Wie sah es denn mit der Literatur der Menschen aus? Der Gott betrachtete die bunten Stadtwände der Menschen und sah sich nach Intelligenz um. Sein Blick fiel auf ein Bild mit der Schrift: "PLAKATIEREN verboten!"

»Aha«, kommentierte der Gott. »Plakatieren ist also verboten. Aber PLAKAMENSCHEN darf man? Was heißt das eigentlich? Ich verstehe die Menschen nicht.« Zu Recht. Eine fremde Schöpfung muss man nicht verstehen. Nur der Schöpfer versteht seine eigene Schöpfung besser als jeder andere.

Inspiration

Ja, das Leben verstand die Menschen nicht. Aber vielleicht konnte der Versuch, die Menschen zu verstehen, inspirieren? Wenn man etwas nicht versteht, darf man nicht sofort aufgeben (Ausnahme ist Mathematik – man versucht und versucht, doch man wird nie schlau daraus)! Ob der Gott wirklich schlau aus der Schöpfung eines anderen Gottes werden konnte? Schließlich hatte jeder Gott ein eigenes Weltbild, eigene Meinungen …

Ja. Er hatte herausgefunden, dass er die geringe Wertschätzung, die die Menschen ab und zu gegeneinander pflegten, nicht leiden konnte. Aber was mochte er an ihnen? Was fand er an den Menschen gut? Gutes, von dem er sich inspirieren lassen und auf seinem Planeten umsetzen konnte?

Der Gott in Gestalt eines Menschen sah sich in aller Ruhe auf den Menschenstraßen um. Was für besondere Farben konnte er zwischen den weiß-grau-schwarz-Tönen erkennen?

Da hörte der Gott ein Geräusch. Ein Geräusch, das schöner klang als jedes Glöckchen, jede Stimme. Es war ein Geräusch voller Gefühle, das den Gott mit allen Farben des Sterniversums füllte. Ein Lachen. Es war das reine, herzliche Lachen eines Menschenbabys, das den Gott mit Liebe wärmte. Ja … Emotionen sind was Schönes. Positive Emotionen von Kindern, die dem Schöpfer für ihre Leben danken. Das war es, was dem Gott auf den ersten Blick an den Menschen gefehlt hatte und dieser nun in vollen Zügen genoss.

Ja, so einen Planeten wollte er schaffen. Einen Planeten voller kleiner Wesen, allesamt in Frieden lebend, die sich gegenseitig liebten, halfen und unterstützten. Das war seine erste Inspiration. Generell möchte jeder Gott nur das Beste für seinen Planeten und, dass sich die Lebewesen dort wohlfühlen. Diese Grundeinstellung ist der erste Schritt, bevor ein Planet erschaffen werden kann. Jetzt fehlten dem Leben nur noch die passenden Wesen.

Inspiration …

Das ist ein magisches Wort. Ein Wort, das alle Lebensformen mit Ideen verzaubert. Fühlst

du dich schon allein durch das Wort "Inspirati-
on" inspiriert?

Kreativität ist alles

»Das ging ja schnell«, begrüßte das Sternenmädchen den Gott, der von seiner Inspirationsreise auf dem Menschenplaneten zurückgekehrt war.

Die Sternensubstanz des Gottes leuchtete so hell wie das Sternenlicht – so energiegeladen war er. »Wie wäre es mit einem Insektenplaneten?«

»Begründe.«

»Also zuerst sind sie klein genug, um auf meinem Planeten zu leben«, erklärte der Gott. »Außerdem sind Insekten kluge und nützliche Tiere, die einen eigenen Planeten für sich verdienen, wo sie in Frieden leben können. Ich könnte ihnen menschliche Intelligenz geben, sodass es ihnen leichter fällt mit unterschiedlichen Insektenarten zu kommunizieren! Ich könnte meinen Planeten in ein Naturparadies verwandeln, um ihren Bedürfnissen als Insekten gerecht zu werden!«

»Das hört sich doch toll an. Wenn ein Insektenplanet das ist, was du erschaffen möchtest, dann hast du ab jetzt freie Bahn.«

»Kreativität ist alles«, sagte der Gott. »Wenn man erkennt, dass man sogar aus Wolken einen Planeten machen kann, sogar aus Möbeln, sogar aus Staubkörnern, sogar aus Emotionen, dann muss man sich keine Sorgen mehr vom leeren Planeten machen. Einfach alles kann belebt werden. Einfach alles kann zu einer Geschichte gemacht werden. Aber nicht jeder Schöpfer traut sich, diesen Weg zu gehen, weil Außenstehende diese Ideen vielleicht verrückt oder uninteressant finden. Planeten mit menschenähnlichen Lebewesen zu erschaffen ist einfacher, doch dann passiert es öfters, dass neue Leben die Angst vor dem leeren Planeten entwickeln, da irgendwann die Ideen menschenähnlicher Wesen ausgehen. Dabei wird das Sterniversum lebendiger und interessanter, wenn noch mehr Götter wissen, dass Kreativität alles ist. Ich möchte mit einem Insektenplaneten anfangen, um genau das zu zeigen. Dass selbst ich auf meinem kleinen Planeten etwas erschaffen konnte. Egal ob klein oder groß – mit Kreativität findet man immer was Passendes.«

Christmettes Sternenaugen glitzerten überrascht. Sie lachte und fiel fast von ihrem Sternenbesen. »Interessant. Ich hätte nie gedacht, so etwas von einem Leben zu hören. Nichts ist richtig oder falsch. Jeder Planet, jedes Leben ist einzigartig. Egal, ob es ein Planet voller Menschen, Zombies, Drachen, Insekten, Bakterien oder belebter Fernseher mit menschlicher Intelligenz ist. Von mir aus kann es auch ein Planet sein, in dem Wettergewalten miteinander Kaffeetrinken. Einfach alles Unmögliche kann möglich gemacht werden, wenn man sich auf diesen Irrsinn einlässt. Und wer sich darauf einlässt, hat meinen Respekt. Das ist Kreativität.«

»Vielen Dank, Christmette. Du hast mir geholfen, zu dieser Erkenntnis zu gelangen.«

»Ja ... Danksagungen und Erkenntnisse. Vergiss besser nicht, dass bald das Sternenfest ist. Ich bin gespannt, wie deine Insekten das Sternenfest feiern werden.«

»Natürlich sind Insekten auch kreative Wesen. Sie werden es feiern – auf ihre eigene Art.«

Erschaffung

»Okay, ich schaffe das«, sprach sich der Gott heilige Worte zu. Inmitten all dieser planetengroßen Planeten schwebte sein Planet – der kleinste von allen. Klein, wie ein Tennisball. Doch egal, ob klein oder groß – mit Fantasie kann man alles erschaffen. Der Gott ging in den Kreativmodus über und schnappte sich den unsichtbaren Sternenpinsel. Gleich eines Künstlers tauchte er seinen Pinsel in grüne (nicht vorhandene) Farbe. Das weiße Canvas namens Planet färbte sich grün – Naturwunder wuchsen hier und dort in die Höhe, Blumen in allen Regenbogenfarben, braune Erde für das Leben, frische blaue Gewässer. Eben ein perfekter Planet – nicht nur für Insekten, sondern auch für Umweltaktivisten und Liebhaber aller Biologie. »Ich brauche mir nur die Pflanzen und Bäume vorzustellen, die ich zwischen all den Straßen auf dem Menschenplaneten gesehen habe und schon wird mein Planet zu einer Gesamtheit dieser Natur! Ja, die Ideen kommen ganz von selbst! Die Schmetterlinge, Käfer, Spinnen, Insekten … ich erschaffe euch alle und schenke euch einen ganzen Planeten! Nur für euch! Ja! Das wird der beste Planet, den es je gegeben hat! Hahahahaha!«

Während der Gott seinen Planeten erschuf, sahen die anderen Götter ihm dabei zu und tuschelten: »Bei meiner Allmacht, der ist verrückt geworden. Lacht, als wäre er nun der König des ganzen Sterniversums.« – »Er schafft einen ganzen Planeten nur aus … Wald.« – »Sein Planet ist ja auch ein kleiner. Da passt nicht so viel drauf!« – »Was für Lebewesen wird er erschaffen?« – »Insekten.« – »Oha. Wie originell. Ich glaube, jeder von uns hat Insekten auf dem Planeten.« – »Mhm. Es ist mir ein Rätsel, was an Insekten so toll sein soll, dass man direkt einen ganzen Planeten erschaffen muss.« – »Was hättest du denn an seiner Stelle erschaffen? Wenn du einen kleinen Planeten hättest.« – »Ähm … vielleicht … Mini-Feen? Oder Mini-Menschen … alles müsste verkleinert werden und … puh … ich glaube, ich hätte niemals die göttliche Feinmotorik dazu. Ich habe nicht einmal verstanden, wie Menschen ihre Schuhe zu binden. Respekt.« Die Götter sahen dem Gott mit heiligem Respekt zu, seinen Planeten zur Vollendung zu bringen.

Zur Krönung streute der Gott eine Prise Sternenregen über seinen Planeten. Voilà! Ein Meisterwerk wurde erschaffen.

»Da hast du dir ja was ganz Schönes einfallen lassen«, lobte Christmette. »Ich spüre lauter positive Energie. Deinen Insekten gefällt es dort unten.«

»Weniger ist mehr«, sagte der Gott. »Wenn man sich zu viele Gedanken macht, wird man überfordert und verliert schnell die Lust. Einfachheit ist kein Mangel an Kreativität. Komplexität spielt keine Rolle mehr, wenn am Ende alle unzufrieden sind. Mein Planet ist einfach und doch individuell. Sieh, wie sich meine Schöpfung freut! Das ist doch das Wertvollste für einen Gott. Wenn die eigenen Kinder sich über ihr größtes Geschenk freuen – das Leben.«

Der Insektenplanet

Wie entstand der erste Mensch? Wie das erste Tier? Oder in dem Fall ... wie das erste Insekt? Es gibt viele Theorien. Manche glauben an die Evolution, die sich über Multijahre logisch erklären lässt. Manche glauben an Magie ... und manche an einen Gott. Nichts ist richtig oder falsch, aber das Sterniversum hat nun mal Götter. Viele Götter. Und viele Planeten.

Auf dem Insektenplaneten machte es einfach "Plopp" und ein Insekt erschien. Es machte wieder “Plopp” und ein zweites Insekt erschien. Da tauchte eine Biene auf, da eine Libelle, da ein Grashüpfer, da ein Marienkäfer, da eine Raupe ... sic tauchten einfach auf. Keine Evolution, nicht mal Mama und Papa waren notwendig. Es wurden immer mehr. Viele verschiedene Insekten in allen Farben des Sterniversums – manche mit mehr Flügeln, manche mit mehr Haaren, manche mit mehr Beinen.

Sieh da! Eine Schmetterlingsdame (sie hatte schöne Wimpern), winkte einer Stinkwanze zu! Kaum waren sie geboren, beherrschten sie auch schon die menschliche Kommunikation!

Da! Eine Spinne ging ihren Trieben als Spinne nach und spannte ihr Netz! Direkt flog da eine Fliege hinein! Aber die Spinne war eine nette und befreite die Fliege. Nein, kein Kannibalismus unter Insekten. Egal ob Spinne, Fliege, Mücke oder anderes Insekt in der gewöhnlichen Nahrungskette der Insekten, die die Menschen kennen – auf diesem Insektenplaneten hatte sich kein Insekt zum Fressen gern! Sie lebten friedlich, freundschaftlich, weil sie alle eine große Familie auf einem großen Planeten waren, geschaffen von ein und demselben Vater.

Als der Planet schon mit ganz vielen Insekten gefüllt worden war, leuchtete die ganze Umgebung und versetzte die Kleinstlebewesen ins Staunen: Sterne regneten vom Himmel! Sie landeten auf den Körpern der Insekten und zeichneten diese mit einem Stern. Manche Insekten kletterten auf hohe Blumen und Blätter, um noch mehr von den Sternen zu empfangen. Jedes Insekt ist mit den Sternen verbunden und genauso wertvoll wie jedes andere Lebewesen im Sterniversum.

»Ihr seid meine Kinder«, sagte der Gott hoch

oben im Sterniversum. »Ich bin bei euch, wenn ihr lacht, wenn ihr weint, wenn ihr Streit habt – in allen Lebenssituationen. Ich bin für euch da und höre euch an. Denn ich liebe euch.«

Und ganz weit weg weinte das Sternenmädchen Christmette Sternentränen der Freude. Sie war so stolz. Sie wusste, eigentlich waren die Götter ihre Väter, weil sie von ihnen erschaffen worden war, aber insgeheim fühlte sie sich wie eine Mutter für sie. Sie half ihnen immer, bei jedem Problem. Und sie konnte nicht anders, als sich wie eine liebevolle Mutter zu fühlen, die ihre Kinder großzieht.

Wie Insekten das Sternenfest feiern

Das Sternenfest ist die besondere Zeit des Sterniversums. Immer zum Jahresende wird es planetenweit von allen Lebewesen gefeiert, um der Welt für das größte Geschenk, das sie besitzen, zu danken – ihrem Leben. Das ist auch für die Götter ein wichtiges Fest, denn es kann auch den Untergang des Sterniversums bestimmen.

Als Beispiel: Zombies sind untot. Deshalb glaubten die Zombies auf dem Zombieplaneten nicht an das Leben, weshalb sie nicht vorhatten das Sternenfest zu feiern, bis Christmette ihnen die Augen (und Gehirne) öffnete. Sie haben sich immer für tot gehalten und wussten nicht, was Lebendigkeit bedeutet. Wenn Lebewesen des Sterniversums den Glauben an ihr Leben verlieren, kann das große Sternenlicht aufhören, zu leuchten. Es würde kein neuer Gott und kein neuer Planet mehr erschaffen werden. Das Sterniversum, so wie wir es kennen, könnte nicht mehr weiter existieren. Und deshalb sind Götter sehr vorsichtig, wenn es um die Wahl der Lebewesen auf ihren Planeten geht. Sie wollen nichts Unüberlegtes erschaffen. Deshalb geraten Götter auch in hysterische Panik, wenn auf ihren Planeten mal nichts mehr so läuft, wie es laufen sollte und deswegen ist Christmette, das Sternenmädchen, da – als psychischer Beistand der Götter. Niemand möchte später am Weltuntergang schuld sein.

Und nun zurück zum Insektenplaneten, der gerade erschaffen worden war:

Unendliche Insektenarten, die gerade geboren worden waren, hinterfragten ihre Existenz nicht. Sie hatten das Gefühl, schon immer dagewesen zu sein. Die Insekten kletterten immer weiter auf Pflanzen, um näher an den Himmel heranzukommen, der Sterne hinunterregnen ließ. Sie betrachteten den Himmel wie ein Heiligtum. Manche Insekten bastelten Sterne aus Blättern, manche Insekten waren stark genug, um die Flugsamen der Pusteblumen zum Fliegen zu bringen und in den Himmel zu schicken. Manche Insekten versammelten sich, um einen sternförmigen Kreis zu bilden und gemeinsam im Sternenregen zu tanzen. Manche Käfer versuchten sich gegenseitig Sterne auf ihre Rücken zu malen.

Irgendwo im Himmel flog eine Sternschnuppe vorbei – diese war das Sternenmädchen Christmette (sie hatte sich mit Magie geschrumpft, um zum Insektenplaneten zu gelangen). Christmette schüttelte die letzten Sternenjuwelen aus ihrem Säckchen und sah die vielen kleinen Naturbewohner unter ihr jubeln. Sie winkte zum Abschluss und flog hoch hinauf ins Sterniversum. »So feiern die Insekten das Sternenfest«, sagte Christmette zufrieden zu sich selbst. »Sie kommen gemeinsam zusammen, um die Sternennacht zu feiern und zu genießen. Ich bin gespannt, wie sich der Planet über die Sternenjahre weiterentwickelt.«

Die Versammlung der Leben

Auch zum Sternenfest kamen die Götter des Sterniversums zusammen. Die Sternensubstanzen leuchteten sich an. Waren alle da?

»Der Gott des Magieplaneten ist immer noch nicht da«, bemerkte ein Gott. – »Ist doch egal. Die anderen sind ja da. Vor allem unser wichtigster Neuzugang: der Insektengott.« Dank dieser Aufmerksamkeit leuchteten alle Sternengötter in die Richtung des neuen Gottes. »Er hat es geschafft, aus seinem kleinen Planeten etwas ganz Besonderes zu machen. Unser Sterniversum ist nun um einen Planeten lebendiger geworden. Lasst uns seine Insekten im Großen-Sterniversumbuch-der-Fabelwesen vermerken. Deine Insekten sind mit Sternen gezeichnet, richtig? Dann nennen wir deine Wesen nicht einfach nur Insekten, sondern Sterneninsekten. Wie wäre das?«

Der Insektengott strahlte nur zur Zustimmung. Ihn überkam das Gefühl, als küssten ihn alle Sterne. So viel Liebe auf einmal hatte er noch nie gespürt. Er gehörte zum Sterniversum dazu.

Er konnte die anderen Götter endlich seine Familie nennen.

»Einen Moment«, meldete sich der Menschengott. »Die Idee der Insekten hat er von mir! Er hat um eine Inspirationsreise auf meinem Planeten gebeten. Also möchte ich eine persönliche Widmung unter den Sterneninsekten sehen.«

Wären die versammelten Götter menschlich, würden sie allesamt seufzen – immer wieder ist es dasselbe mit dem Menschengott. Jedes Jahr muss er immer irgendein Tamtam um etwas machen. Schade, dass man keine Götter ersetzen kann. Aber was das Sterniversum einmal geboren hat, bleibt geboren.

»Wir haben noch nie Widmungen unter Fabelwesen geschrieben. Außerdem sähe das aus, als wäre der Insektenplanet dann dein Eigentum. Ich möchte dich erinnern, dass die Menschen ursprünglich die Idee des Feengottes waren. Wenn wir deiner Regel folgen, solltest du auch eine Widmung für den Feengott schreiben. Wärst du damit einverstanden?« – Der Menschengott stöhnte über diesen Kommentar und tat so, als hätte er nichts gesagt und schwieg. – »Gut«, sagten die anderen Götter. – »Wenn dann alle zufrieden sind, wollen wir unser neues Familienmitglied gebührend ehren. Insektengott. Was hast du von deiner Geburt bis zum eigenen Planeten herausgefunden? Möchtest du deine Weisheiten mit uns teilen?«

»Kreativität ist alles und weniger ist mehr!«, glitzerte es aus dem Insektengott heraus. »Alles, alles Mögliche kann belebt werden, wenn wir uns trauen das Unmögliche möglich zu machen! Man nehme ein kleines Sandkorn – mache eine Geschichte daraus! Oder einen Stern! Alles, woran man denkt, was man sieht, kann belebt werden. Man muss nicht zu lange über eine gute Geschichte nachdenken. Meistens ist der erste Gedanke der beste! Spontan sein ist das, was ich gelernt habe!«

Die Götter freuten sich über diese neue Erkenntnis. Diese entspannte Sichtweise war eine wahre Inspiration für sie alle! Das Sternenlicht derweil schien heller denn je und produzierte auch schon den nächsten Planeten ... und ein neues Leben.

Wie das Leben auf Insekten kam

Auf dem Planeten der Menschen suchte der Gott nach Orten mit mehr Farben. Kann doch nicht sein, dass der Ursprung des Sterniversums so farblos aussieht! Menschenkinder rannten am Gott vorbei und füllten den Weg mit spannenden Emotionen – diese Gefühle interessierten den Gott. Vielleicht rannten die Kinder dorthin, wo es spannend war! An einen Ort mit mehr Farben. Der Gott folgte einer goldenen Spur, die ihn um Ecken und Straßen brachte. Je weiter er der Spur der Kinder folgte, desto mehr Stadtgebäude ließ er hinter sich. Irgendwann wurde der Weg sandig, dann grün. Und er kam an einem schöneren Ort an. Luft mit geschmackvollen Gerüchen wehte ihm entgegen, sogar ein Wasserrauschen hörte er. Der Gott stand auf einem Grashügel, der in ein Tal voller bunter Blumen führte. Daneben, in einer kleinen Wüste, stand ein großer Spielplatz, wo Kinder tobten.

Das war … ein Paradies der Inspiration.

Der Gott konnte die Herzen der vielen Leben hier blühen spüren. Hoffentlich konnte er seine zukünftigen Lebewesen genauso glücklich machen. Aber da war noch eine andere Energiequelle ... die Menschenkinder waren nicht das einzige Leben, hier an diesem Ort. Da war etwas direkt unter ihm und überall ... im Gras, in den Blumen, in den anderen Pflanzen ... Leben, das so klein ist und trotzdem lebt.

Da! Da krabbelte etwas! Und da hüpfte etwas! Da flog etwas! Kleine, bunte Wesen. Fleißig und mit Lebensfreude erfüllt. Das war eine andere Welt. Eine Welt inmitten einer Welt.

Da waren Menschenkinder, die einen Schmetterling jagten. Menschen, die Bienen und Fliegen mit Handfächern fortschickten und diese stattdessen in Spinnennetzen landeten. Menschen, die aus Ameisen das Leben drückten. Der Gott spürte die Unzufriedenheit dieser Wesen. Diese Welt war groß und sie zu klein. Zu klein für diese große Welt.

Diese Wesen brauchten eine friedliche Welt, in der sie keinen Nachteil durch ihre kleine Größe hatten. Vielleicht konnte das ja ...

Der Gott sah nach oben – das helle Sternenlicht im Blau folgte ihm. Er wusste, irgendwo dort oben sah Christmette ihm dabei zu, Fortschritte zu machen.

Ja, mit einem Insektenplaneten konnte er für die Kleinsten dieser Welt etwas Gutes tun.

Bonus: der Menschengott

Der Menschengott bekam die Erlaubnis, einen Menschenplaneten zu erschaffen, vom Fe-engott, der ihm seine Menschen schenkte.

Natürlich nahm der Gott das Geschenk dankbar an – was für eine Ehre, den Planeten mit den besten Wesen des Sterniversums zu bekommen! Menschen! Mit ihnen hat das Sterniversum angefangen. Und um die Menschen dreht sich alles im Sterniversum.

Stolz auf seine Menschen, reagiert der Gott empfindlich darauf, wenn auf den anderen Planeten der Götter plötzlich Menschen auftauchen (oder Wesen, die so ähnlich sind). Er beschuldigt sie sofort der Urheberrechtsverletzung (zu Unrecht, da Menschen als Ursprung des Sterniversums frei von Urheberrechten sind). Weil der Gott deshalb oft den Frieden des Sterniversums stört, haben die anderen Götter ihn nicht gern zum Freund. Die anderen Götter finden, dass er zu oft überreagiert und bezeichnen ihn als streitsüchtig. Sie glauben, dass die Menschen mit ihren öfteren Kriegen negativ auf ihn abfärben.

Trotz seiner komplizierten Beziehung zu den anderen Göttern, ist er kein schlechter Gott. So wie alle anderen Götter möchte er nur das Beste für seine Menschen. Weil Menschen ziemlich komplexe Wesen sind, kommt es vor, dass ihre Emotionen ihre Leben bestimmen. Sind diese Emotionen überwiegend negativ, verfallen ihre Seelen in vereinzelten Fällen dem Selbstmord. Selbstmorde werden unter den Göttern nicht gern gesehen. Lebewesen, die sich ihr geschenktes Leben nehmen, gelten als undankbar und werden nicht mehr wiedergeboren.

Aber der Gott des Menschenplaneten schenkt Selbstmördern dennoch eine zweite Chance, wovon die anderen Götter nichts halten. Sein Ziel ist es, dass Selbstmörder während ihrer zweiten Chance die Freude am Leben entdecken und so den Weg des Neuanfangs antreten können.

Jeder Gott hat so seine Stärken und Schwächen – als individuelle Persönlichkeit. Die Schwäche des Menschengottes ist – ihr dürft lachen oder weinen – Mathe. Die Schwächen des Gottes können selbstverständlich auf die Lebewesen seines Planeten abfärben. So müssen leider sämtliche Menschen auf der Erde an Matheschwäche leiden.

Die Geschichte vom Menschenplaneten wird im Werk “Rabenrätsel” erzählt. Dieses Werk handelt von Adhamh, einem Dämon, der von dem hilflosen Mädchen Raven mitten in einer Mathearbeit beschworen wird, um ihr zu helfen. Doch leider ist Adhamh das Wissen über Integrale völlig fremd, genauso wie die restliche Welt. Ob er dem guten Pfad des Sternenlichts folgen kann, auch wenn es Dämonen gibt, die ihn davon abhalten wollen?

Bonus: der Feengott

Der Feengott ist das erste Leben im Sterniversum gewesen. Er wurde vom großen Sternenlicht erschaffen, das wir in unserer Sprache "Sonne" nennen. Das Sternenlicht dachte sich: »Hey, ist mir zu dunkel und einsam hier oben. Ich brauche Freunde.« Und so entstand der erste Gott mit seinem ersten Planeten.

Als erster Gott im Sterniversum, beanspruchte er die Urheberrechte der Menschen für sich und erschuf einen Menschenplaneten. So geschah es, dass die Menschen zum Ursprung des Sterniversums wurden.

Je mehr Götter und Planeten nach ihm erschienen, wurde der Gott nachdenklich – er wollte aus seinem alten Planeten etwas Neues erschaffen und entschied sich für Feen. Die Rechte an den Menschen gab er an einen anderen Gott nebenan von ihm ab.

Der Feengott wird als erster Gott von allen anderen Göttern respektiert und wertgeschätzt. Er respektiert auch seine Mitgötter und erscheint zu allen Versammlungen. Geheimnis: es kommen immer wieder Götter zum Feengott, um ihn nach dem Anfang des Sterniversums zu fragen. Darauf antwortet der Feengott: »Keine Ahnung, ich war einfach da.«

Als erster Gott des Sterniversums fühlt sich der Gott dafür verantwortlich, ein Vorbild zu sein. Er möchte, dass seine Feen an ihn glauben, doch diese glauben an eine selbsterfundene Göttin namens Aura. Das bereitet dem Feengott Existenzangst.

Die Geschichte des Feenplaneten wird in den Werken "Feenwind" und "Feenwind 2: Magische Phänomene" erzählt.

Das erste Buch handelt von der Fee Freyja, die ihr Leben am liebsten selbst bestimmen möchte und sich nach einem Mann sehnt. Ihr Leben verändert sich, als ein mysteriöser Minnesänger plötzlich unter ihrem Balkon steht …

Das zweite Buch ist Chaos pur: Die Feen sind zu Menschen geworden, der Gott muss seine Feen wiederherstellen, Außerirdische machen den Feenplaneten unsicher, Tempel fallen vom Himmel, eine Krankheit namens "Hochzeitswahn" bricht aus ... und ein König, der in den Ruhestand gehen möchte.

Ja. Ein tolles Buch. Und mein allererstes.

Bonus: der Zombiegott

Der Gott des Zombieplaneten konnte nichts anderes als Zombies erschaffen.

Es ist so, dass jeder Gott (egal wie heilig und weise dieser Titel klingen mag) eine einzigartige Persönlichkeit mitsamt Stärken und Schwächen besitzt.

Die Schwäche dieses Gottes ist die Erschaffung von Lebewesen. Dieser Gott konnte den Aufbau eines Körpers einfach nicht verstehen – wäre der Gott ein Mensch, hätte er im Biologieunterricht nur schlechte Noten bekommen. Trotzdem: Gott ist Gott und Planet ist Planet. Deshalb musste und wollte der Gott etwas erschaffen. Irgendetwas. Und das Produkt seiner Erschaffung waren Zombies. Untote, abgrundschlechte Lebensformen, deren Körperteile ständig abfallen und von Maden zerfressen sind.

Weil Zombies quasi tote Wesen sind, verstehen sie logischerweise nicht was es bedeutet, lebendig zu sein. Durch die Zombies geriet die Existenz des Sterniversums in Gefahr, weshalb der Zombiegott Christmette um Hilfe bat, den Zombies beizubringen, was das Leben bedeutet.

Ende gut, alles gut, denn Christmette mit ihrer Überzeugungskraft als Sternenmädchen, konnte den Zombieplaneten in Ordnung bringen. Die Zombies glauben nun fest an Christmette und halten sie für ein Vorbild, weshalb sie endlich erkannt haben, dass sie als Zombies nicht tot sind, sondern so wie alle anderen Wesen im Sterniversum das Recht zu leben haben.

So wurde der Planet der Zombies zu einem besseren Ort und der Zombiegott litt aufgrund seiner Schwächen nicht mehr an Selbstzweifel – im Gegenteil. Dank Christmettes Hilfe sah er in sich endlich einen kreativen Schöpfer, der auf seine individuelle Art und Weise besonders ist.

Die Geschichte des Zombieplaneten wird in "Christmette – das Sternenmädchen" erzählt.

Klappentext: Viele Sterniversum-Bewohner feiern zum Ende jedes Jahres das Sternenfest. Als Symbol für das Sternenfest ist Christmette von den Göttern des Sterniversums erschaffen worden: ein rothaariges Mädchen, das auf einem interstellaren Besen zum Sternenfest Sternenjuwelen auf der ganzen Welt verteilt.

Bonus: der Gott der Vampire und Werwölfe

Vampirölfe ist ein Planet, auf dem Vampire und Werwölfe gemeinsam leben.

Der Gott dieses Planeten ist sehr gutmütig und hat ein gutes Verhältnis zu den anderen Göttern. Er respektiert die Planeten anderer Götter und hat auf den Versammlungen immer ein gutes Wort für jeden. Der Vampirölfegott hat einen ausgeprägten Sinn für Gerechtigkeit, da die Vampire und Werwölfe auf seinem Planeten, die zuerst verfeindet waren, gelernt haben, sich zu respektieren.

Die anderen Götter mögen den Vampirölfegott – nicht nur ist er selbst sympathisch, sein Planet ist auch sehr erfolgreich. Noch nie musste der Gott das Sternenmädchen Christmette um Hilfe bitten – die Hilfe bittet ihn, mal ganz cool gesagt. Alle Götter wünschen sich so zu sein wie er.

Hat dieser Gott, der so perfekt ist, denn auch eine Schwäche? Unbekannt.

Die Geschichte der Vampire und Werwölfe wird im Werk "Vampirölfe" erzählt.

Klappentext: Auf dem Planeten Vampirölfe sind Werwölfe und Vampire verfeindet. So verfeindet, dass sie ihre beiden Königreiche mit einer weißen Kreidegrenze voneinander getrennt haben. Vladimir Lichtlieb, ein zwölfjähriger Junge, der gleichzeitig Werwolf und Vampir ist, hat ein Ziel: den Hass beider Seiten zu beenden, auch wenn das bedeutet, die Gesetze und Regeln der Ordnungsämter auf den Kopf zu stellen... Eine humorvolle Fantasy darüber, wie wichtig es ist, Kindern zuzuhören. Mit freundlichen Vampiren und Werwölfen!

Puh. Was soll ich noch schreiben, um die letzten dreihundert Zeichen zusammenzukriegen, die diese Schreibseite von mir verlangt, um das Kapitel ins Buch veröffentlichen zu können? Jetzt sind es nur noch zweihundert Zeichen. Na, es wird. Langsam, aber sicher. Vielleicht können die Fans dem Gott in der Zwischenzeit ein paar Fragen stellen, während ich hier versuche, die restlichen knapp einhundert Zeichen zusammenzubekommen. Habt ihr alle eure Fragen gestellt? Seid ihr fertig? Gut. Ich bin auch fertig. Jetzt sind es genau eintausendsechshundertundzweiundneunzig Zeichen.

Bonus: der Gott des Magieplaneten

Der Gott des Magieplaneten gilt schon sehr lange als verschollen. Er taucht nicht mehr zu den Versammlungen der Sterniversumgötter auf. Gerüchte besagen, er habe sich selbst eingesperrt – ja, wie denn das? Das weiß keiner, außer der Gott selbst – und der Schlüsselträger, vielleicht. Aber Anna-Maria, wer oder was ist denn der Schlüsselträger? Das verrate ich euch nicht! Noch nicht … wir wollen ja keine Bücher spoilern, die noch nicht erschienen sind. Der Magieplanet wird ein besonderes Buch bekommen, denn die Geschichte gehört meiner Mutter, die sie an mich weitergegeben hat. Meine Mutter hat die Idee aus einem Traum, den sie bekam, als ich noch nicht geboren war und hat diesen Traum über Jahre zu einem Buch weiterentwickelt, das sie nie schreiben konnte – aber wie gut, dass man eine Autorin zur Welt gebracht hat. So wird ihr Traum bald zu Papier gebracht …

Aber zurück zum Gott des Magieplaneten.

Zuerst: der Gott erschuf einen Planeten voller Magie. Er wollte seinen Lebewesen so viel Magie geben, wie er konnte, weil er glaubte, dass maximale Freiheit zu einem guten Wohlbefinden führen würde. Leider realisierte der Gott erst viel zu spät, wie falsch er doch lag.

Und einige Lebewesen des Magieplaneten nutzen das Verschwinden des Gottes aus …

Die meisten Götter des Sterniversums kennen den Gott des Magieplaneten nur vom Hörensagen. Die meisten haben nie Bekanntschaft mit ihm gemacht. Die Existenz des Gottes ist ein wahres Rätsel, sowie die Geschichte seines Verschwindens. Die Götter erzählen sich ständig verschiedene Versionen, wie:

"Der Gott hat sich selbst gelöscht." (wäre für manche Götter zu schön, um wahr zu sein)

"Die Sterne haben den Gott gefressen!" (falsch – wir sind hier doch keine Kannibalen!)

"Der Gott hat seinen Lebewesen so viel Magie gegeben, dass ein mächtiger Magier eines Tages den Gott selbst vernichtete." (könnte wahr sein)

Die Geschichte des Magieplaneten wird in Feenwind 2: Magische Phänomene kurz erwähnt und in einem Buch, das noch erscheinen wird, erzählt.

Anna-Maria Ziegler

Ich schreibe humoristische Fantasy, weil es meine Motivation ist, Menschen ein Lächeln ins Gesicht zu zaubern. Die Welt meiner Fantasybücher heißt „Sterniversum“ – kreative Götter erschaffen hier ihre eigenen Planeten und jedes meiner Bücher erzählt die Geschichte eines Planeten. So entführt mein neuestes Fantasybuch „Vampirölfe“ in die komische Welt der Vampire und Werwölfe und mein allererstes Buch „Feenwind“ in das verrückte Königreich der Feen. Nicht zu vergessen das Sternenmädchen „Christmette“, das von Planet zu Planet reist, um die Götter des Sterniversums zu unterstützen. Bereits veröffentlichte Sterniversum-Bücher: Vampirölfe, Feenwind (magische Phänomene), Rabenrätsel, Christmette – das Sternenmädchen, Echard der Sternendrache

Anna-Maria Ziegler schreibt auf

www.story.one

Faszination Buch neu erfunden

Viele Menschen hegen den geheimen Wunsch, einmal ihr eigenes Buch zu veröffentlichen. Bisher konnten sich nur wenige Auserwählte diesen Traum erfüllen. Gerade mal 1 Million Autoren gibt es heute – das sind nur 0,0013% der Weltbevölkerung.

Wie publiziert man ein eigenes story.one Buch? Alles, was benötigt wird, ist ein (kostenloser) Account auf story.one. Ein Buch besteht aus zumindest 12 Geschichten, die auf story.one veröffentlicht und dann mit wenigen Clicks angeordnet werden. Und durch eine individuelle ISBN kann jedes Buch dann weltweit bestellt werden.

Jede lange Reise beginnt mit dem ersten Schritt – und dein Buch mit einer ersten Story.

Wo aus Geschichten Bücher werden.

#storyone #livetotell